琴剑诗系·全国公安实力派诗人丛书

胡丘陵
诗选

全国公安文联/选编

群众出版社
·北京·

图书在版编目（CIP）数据
胡丘陵诗选 / 全国公安文联编 . —北京：群众出版社，2016. 10
（琴剑诗系 · 全国公安实力派诗人丛书）
ISBN 978 – 7 – 5014 – 5573 – 7
Ⅰ. ①胡…　Ⅱ. ①全…　Ⅲ. ①诗集—中国—当代　Ⅳ. ①I227
中国版本图书馆 CIP 数据核字（2016）第 225884 号

胡丘陵诗选

全国公安文联　选编

出版发行：群众出版社
地　　址：北京市丰台区方庄芳星园三区 15 号楼
邮政编码：100078
经　　销：新华书店
印　　刷：北京普瑞德印刷厂

版　　次：2016 年 11 月第 1 版
印　　次：2016 年 11 月第 1 次
印　　张：4. 375
开　　本：880 毫米 × 1230 毫米　1/32
字　　数：110 千字

书　　号：ISBN 978 – 7 – 5014 – 5573 – 7
定　　价：29. 00 元

网　　址：www. qzcbs. com
电子邮箱：qzcbs@ sohu. com

营销中心电话：010 – 83903254
读者服务部电话（门市）：010 – 83903257
警官读者俱乐部电话（网购、邮购）：010 – 83903253
文艺分社电话：010 – 83903973

目 录

常德之作

常宁之作

即兴之作

应景之作

总序

公安战士的文化风范与盎然诗情

梁鸿鹰

警察有警察的风范，战士有战士的情怀，他们的文化追求，他们的精神世界，值得嘉许和褒扬。托尔斯泰曾经说过，人类被赋予了一项重要工作，那就是精神的成长。而在人精神成长、内心世界丰富的进程中，诗歌往往可以发挥至为重要的作用。有诗情、会写诗的人，他们更会生活，更有工作的激情和爱的能力。放眼全国公安队伍，杨锦、侯马、田湘、胡丘陵等一大批用自己的业余时间在文学世界里驰骋的人，就是有精神追求、有文化情怀的人，他们有作为人民卫士的博大胸襟。同样，他们以诗人永不衰竭的歌喉，歌唱理想、呼唤美好、维护正义，体现出的独特诗情，体现着当代文学的独有风范。

事实上，在我们这个诗的国度里，诗言志，同时诗向来润物细无声。在当代公安文化的建设中，诗歌起到的作用向来十分突出，奋起、担当与参与，使之成为文化的轻骑兵，鼓舞干劲、激扬斗志、暖人心怀。战士有战士的情怀，属于国家；公安人有公安人的诗情，源于责任。因此，当海地维和武警兄弟遇难的时候，诗人、散文家杨锦用发自内心的诗章接战士们的遗体回家，他感叹“大地在颤抖中将海地揉碎，当加勒比海不再湛蓝，哭泣的太子港撕裂为世界最终的伤口。当蓝色贝雷帽被黑暗压埋，心的碎片像瓦砾般散落，无法捡拾”。而当高原舟曲灾难袭来的时候，杨锦写下《格桑花在守望》，“啊，圣洁的高原之花，在风雨中挺立，不放弃绽放，让希望在高原上盛开”。正是这样的诗情，将大爱播撒，将大义传扬。诗人贾卫国与他一样，诗句里充满阳刚之气。面对抗战的英烈，他感慨“我听见　从一只手的血管里　传来轰鸣的声音/牙齿咬碎了　一粒粒子弹在枪膛里屏住呼吸/今天　当我无意中目睹了这座骨头铸就的壁垒/必须提醒我的孩子　这是大地深处从未停息的冲锋”。而在森林公安诗人孙敬伟看来，祖国永远是诗人情怀中最神圣的所在，他想象的世界，永远把祖国置于至高无上的位置，他说“祖国，我宁愿一生饱尝委屈和痛苦/也不愿意让你受到任何伤害/我的诗是溢满眼眶的泪水/永远也写不尽你的欢乐与悲哀”，这是他深沉情愫的最直接表达。

擅长以理性的批判和清醒的历史意识穿行于社会、政治、历史和文化的公共空间的胡丘陵，在这部诗集里，将诗的实用性与纯洁性区别开来。注重从记忆深处提取经验，叙述经由畅想达到人情、人文、悲悯、忧伤和正义，透露出当代诗学别开生面的美学趣味：超美学、杂美学，即把诗学从形式主义的牢笼拯救出来，进入生命、生存、生态的广阔界面。

诗无疆界，诗无达诂，拥有诗情的人，就像掌握了进入多彩人生与瑰丽世界的魔棒与钥匙，他们也许不想刻意追求成为世上无谓的、假意幸福的人，但他们希望成为拥有对故乡、对土地怀有炽烈情怀的人。正如邓醒群所说，“因为小草，因为粮食，因为生命/从今天起，我只专注/神圣而永恒的土地”。诗情的可贵往往源自眼光的独特，因拥有看世界的独特视角而使诗情卓然，这是足以让人羡慕的。如同云南的公安战士舒显富（芒原）感受的那样，一种对抗岁月流逝的冲动使他躁动不安，他说“冷是暖的石磨/而诗人却和时间缠斗，在树下厮磨/杀书，磨字，饮鸩止渴”，我喜欢这“杀书”的劲道，我欢呼这“磨字”的决绝，一个诗人，假如失去了进入诗意世界的独特路径，无异于谋杀了诗意。辽宁的公安诗人杨明山那些致力于古体诗歌创作的成果，格外吸引人，在诗坛上，能够贯通古今，修得一种亲切自然之功，那是很不容易的，比如他的《七绝·寄远》：“迢迢漫道望君时，几缕相思暗自知。却尽铅华一樽酒，清茶两盏再谈诗。”诗、酒、茶、友谊，在他这里浑然一体，言简意赅，同样是因为他掌握了通往诗意的密钥。

我们生活在这个世界上，能够以诗的名义，能够把大千世界缩微在那参差不齐的字句中，能够以蓄意的节奏和随意的韵律表达白己对世界的敬意，把对生活的感悟争取到自己的内心，这种难得的情怀，在逐利的时代显得格外优雅。女诗人刘一民的诗，当歌则歌，当哭则哭，但绝不放弃对深邃与优雅的追求，“比起秋天，冬天更疼我/它从梅花的芳香里，剥出/寂静和风暴，送给我/并让它们将我紧紧拥抱”。这些句子，固然属于女性，但更属于有情怀的战士。而在沈国徐看来，诗是触及灵魂的文体，高于语言、处于文字之外，“能借个地方说话吗/青春不在，故人大多远去/时间就像一把毒药”。这些句子，记录的是对往昔的无奈，在我们的灵魂中，永远留着一块地方，是给一去不复返的东西的，在他的眼里，流逝的，更值得记忆，因为可以随时提醒我们，什么才是真正值得珍视的。李尚朝是 20 世纪 90 年代成名的诗人，他的诗情来自生活最富于质感的地方，对一个时代的精神状态有着准确的把握。他在其《大雪》一诗里说，“大雪来得正是时候/十个人看见了仆伏的草/一个人看见了站着的树//我在十一月看到一场大雪/像多年前的灰烬漫天飞洒/一个人站着，像多年前的一团火/雪花硕大，他一语不发”，让人看到精神萎靡的人群里那些人格独立的时代形象。而徐国志永远把最本真、最质朴的诗情送给乡间让他温暖的一切，“时至今日　乡间让我温暖/让我俯瞰一片谷穗的碰撞/秋风在谷底　在河滩　牵出/一条溪水　细细的溪水/试图拉起身后的/大山　让我们沿着河滩/贴近谷底　融入溪水的山涧/追溯秋风的底细　回到土地/深处　回到一棵谷穗的饱满”。这种“饱满”是热爱之后的欣赏，浸透了对燕山草木的深情。孙学军的诗歌文本是他内心的呈现与关照，是他自我灵魂的拯救。他的诗歌文本单纯古朴、秀润纤细、凝重酣畅，是他精神思维的再凸显，更多的时候他关注低处的生存现状，并在山河万物、一草一木、锅碗瓢盆以及琐碎的生活物象里参展，扩及自己的精神维度。他的诗既有深度意象的东西，又能通过适当的叙述营造语境，妙在控制力十足。

这些战士有情怀，这些情怀属于当下，连接着过去与未来，属于最美好的精神创造。

是为序。

（作者系《文艺报》总编、著名文学评论家）

序

我想写一首诗

看到一棵小树
在大树下面喝不到雨水
我想在云身上写一首诗
或者请风偏一偏头发
让口渴得卷舌的小叶子
喝到我这几年的眼泪

看到小小的蚂蚁
举家迁移，被人踩踏
我想在路身上写一首诗
要每一块石头
长出眼睛，或者长出翅膀
远走高飞

看到一只狗

追得小鸡，躲躲闪闪
我想在墙身上写一首诗
冬天的惊雷都打在夏天身上
让小鸡在幼儿园熟睡

看到农贸市场捡菜叶的老奶奶
我想在人民币身上写一首诗
多捡些月光也要将梦喂饱
柔软的瓷碗
年年吹奏
甜蜜的嘴唇

看到一担稻谷买不回一个蛋糕
我想在稻田身上写首诗
不是生日，也要用诗的张力
切一个伤口，看清楚
为什么土地越善良种子越优良
越是丰收畸形的谷子

看到开发商强拆别人的房子
我想在挖掘机身上写一首诗
鲜花绽开坟墓的黑夜
但愿他的左手
帮助右手醒来

听到病床上的呻吟
我想在地板身上写一首诗
抖一抖脚让地板痛
或者让诗歌痛得
流出脓来

看到一具无名死尸
我想在上帝身上写一首诗
天堂那边，他大名鼎鼎
一定居有定所
总是与亲人，手牵着手
用挽歌，拥抱颂歌

警营之作

即便是矗立的高警楼
也跟着六栋平房
学会了
在沙尘中立正
——《在公安大学》

寄鞋

我细细看着一双鞋子
一位母亲
寄给戒毒所儿子的鞋子
虽然鞋底是锃亮锃亮的塑胶
我还是想起了慈母手中线
临行密密缝的诗句

我的手掌，开始生汗
像握着自己母亲的手一样温暖
眼眶开始回潮

第二天夜里，值班民警发现
儿子撬开了鞋底
里面是他母亲用一头猪换来的
几粒麻古

他的包丢了

逛街的时候
他的包丢了
如同魂丢了一样

里面有一个手机
身份证、学生证
还有三百元人民币
派出所民警工作了一天
没有办法找到

他一个晚上没有睡觉
梦见自己拿着枪
顶着自己的头颅

一觉醒来
他又一次报警
说包里有一支枪

中饭的时候
民警告诉他
包找到了
里面没有枪

判决

一位偷了 7 户人家的嫌疑人
涉案金额 8 万
法官说，有一户 5. 1 万只有 DNA 证明
他本人没有承认
于是判了一年

判后三个月，他的羁押期也到了
出来后，又重操旧业
一晚，就偷了法院家属楼 5 户

法官愤怒了
必须依法严惩
要判他 5 年

失踪

监狱里突然少了一个犯人
所有的警察全体出动
放风的地方找了
干活的地方找了
洗手间也找了
连医务室的角落都找了

监控显示没人出监狱
可整个监狱都找遍了
只好请公安刑侦的同志来侦查

刑侦带来了一只警犬
很快，在下水道里找到了

原来
人，只能
在人去的地方寻找

出租屋

社区民警小李发现
一幢出租屋
新住进了两个人
他们总是一先一后
从没有同时进出过

小李敲了门
要进行实名登记
门，半天才打开

在公安大学

公安大学的黎明
天天被整齐的脚步唤醒

年复一年，满园的核桃树
掌握了侦查的核心技术
古老的大枣树
懂得了正当防卫
即便是矗立的高警楼
也跟着六栋平房
学会了
在沙尘中立正

故乡之作

我给故乡那条
心肌梗塞的小河拜年
童年捉住的泥鳅，一条一条
从指缝溜走
任何成熟的男人
都为之慌张
——《春节》

削去一块的苹果

小时候，父母偶尔从城里买回几个
削去了一块的苹果
有的削去了半边或者多半
那削去的一块
不知道在哪个角落
一定是整个苹果心疼的一块

兄弟姊妹节日一样甜蜜
不是梨子，我们也互相让过
像啃着十五的月亮
总是圆溜溜的
怎么也比京剧里那根二尺红头绳好

父母香甜地看着我们
兄弟姊妹就是父母一个圆圆的苹果
尽管父母没让我们看到
那削去的是些什么
我们都发誓，长大后给父母

挣上一大筐一大筐
圆溜溜的苹果

只是母亲还没多吃上几个
身体就和苹果一样烂了一块
医生连肉带血削了多次
老人家却再也咬不动了
只能吃我们
用泪水一遍又一遍洗过的
薄薄的纸苹果

现在，买回来的苹果蜡光蜡光
总觉得缺了一块
完整的童年的味道
吃过削去一块苹果的人
一辈子
都不口渴

春节

我给故乡那幢
步履蹒跚的宅子拜年
童年的那扇窗户
探出头来的总是青发
白发，一根一根
移栽到我自己头上

我给故乡那个
脱了牙齿的牛栅栏拜年
童年放牧的水牛，一头一头
被拖拉机赶出了村子
牧歌，天天打捞井里的月亮

我给故乡那条
心肌梗塞的小河拜年
童年捉住的泥鳅，一条一条

从指缝溜走
任何成熟的男人
都为之慌张

挖红薯的时候

挖红薯的时候
先得割断枯黄的薯藤
还没见到红薯
母亲白色的乳汁
就最后一次，洒落在
汗水和泪水打湿的田土

锄头下去时要小心一点儿
再小心一点儿
才不会伤着最大的红薯
红薯不想计划生育
如同母亲，一生就是四个孩子
护住最大的一个
也就护住了这一窝红薯

尽管小心翼翼
锄头往往还是伤着了最大的红薯
这个红薯

便与我一样，提前离开学校
被加工成淀粉，或者喂猪

个头儿小些的
总会完整地收藏到窖里
或者来年长出薯秧，再绿遍
我的田野

爷爷教牛犁田

教牛犁田的时候
爷爷比牛还要吃力
稻田里开满花的紫云英
都记得要领了
可这个爷爷叫我小畜牲
而不叫它小畜牲的牛
一天半还没学会

或许是牛年龄太小的缘故
可生产队的牛太少
就像劳力少
我十四岁就有了底分一样

爷爷耐心地哄着牛听话
拉缰绳向右
用缰绳轻拂牛肚向左
牛的肩膀磨出了茧
爷爷的嘴也磨出了茧

爷爷隔半个时辰
要坐在田埂上卷一支烟抽
不知道是他要休息还是要让牛休息
我看见牛的眼睛里
流出了爷爷的眼泪

奶奶的小鸟

奶奶一针一线
缝补着我的童年
可村前村后的树杈上
总是挂着一个又一个饥饿

伙伴们捉到了几只小鸟
口里流出飞翔的溪水
奶奶要拿几个红薯交换
胖子不同意，大伙都不同意

奶奶最终量了一竹筒白米
这是全家一天的口粮
小鸟叽叽喳喳地叫着
伙伴们不再叽叽喳喳

也不感谢一声
小鸟就飞得无踪无影
仿佛什么事也没发生

奶奶又去拾着稻穗

这些小鸟不认识奶奶
奶奶也不记得，她一生
放飞过多少这样的小鸟

这些年，我常常被小鸟从梦中叫醒
坐飞机的时候，怎么也不能入睡
总觉得坐在奶奶放飞的小鸟上

常德之作

就从这个中午开始
我与一幢幢陌生的高楼打着招呼
路灯是一个个车胤的萤囊
我夜夜将常德大地阅读
——《2012，下车常德》

2012，下车常德

不知道刘禹锡到朗州走了多久
我是四个多小时
便走过了四十多年的路程

就从这个中午开始
我与一幢幢陌生的高楼打着招呼
路灯是一个个车胤的萤囊
我夜夜将常德大地阅读

原来我的先人也住在城头山里
那几粒五千年的稻种
在我的诗歌中发芽了几个晚上
武陵与丘陵应该是一样的水土
只是多年的漂流
把他乡漂成了故乡
把故乡漂成了他乡

柳叶大道的柳叶

年年从根须爬上枝头
年年又飘落到不管是不是自己的泥土
只是不知道哪一枝温柔到沧水驿上
也不知道长亭短亭
送走的都是哪些匆匆的客人

那年，桃花源的桃花
开得比桃花还要鲜艳
陶渊明这个官二代
不知道醉到哪里去了

李白这个本来就喝不得二两的家伙
因为只看见桃花看不见人的缘故
灌得诗歌酒气熏天
尽管我的肠胃也年久失修
怎么也不能把过去的酸水
呕吐到自己新的家园

其实，屈原的一百七十多个问号
慢慢被柔和的常德话拉直了
江盈科的诗文倒是想怎么写就怎么写
也不管它及格不及格
反正他错过了公开选拔的年龄

总是看到司马的白马

在时晴时雨的湖边天天等我
我不清楚哪一匹温驯哪一匹暴烈
哪一匹狂荡不羁
哪一匹更契合我率真的性情

其实，我也想弹着沅水和澧水两根丝弦
弹得柳叶湖小起涟漪
弹得洞庭湖碧波荡漾
弹得长江波涛汹涌

刘海哥为了母亲天天在山上砍来砍去
反正有胡秀英陪着他
砍了千多年也不累
差一点把我喜欢的方竹也砍了
在这个漫长的冬天
我只好依偎着善卷的德山取暖

我那辛苦了一辈子的母亲
到了黑色的镜框里才开始歇息
要是知道我走这么远
又要在我行囊里加上她亲手织的毛衣
不知道她老人家能不能梦中过来
把我睡着了还拿着书放在外面的手
轻轻放进被窝里

要是昌耀兄还在多好
我们也可以经常聊聊
常德诗墙上的诗已经够多了
更何况大家都喜欢老的不喜欢新的

要是范仲淹在就更好了
天天喝着稀饭的他
一定会觉得今夜的我和月光一样
幸福无比

2012 年 10 月 25 日深夜

2013，常德之春

昨夜，我一不小心
弄翻了常德的春天
桃花，撒得遍地都是

我成了知道犯错
却又无法纠错的孩子
只等春风春雨
慢慢收拾

2014，白马湖

这些似曾相识的雨水
从这棵银杏跑到那棵银杏
赶着刘禹锡的白马，年年
如期而至

我跟着田螺，一圈一圈
将太阳
挤到湖里

天天漫步在春天
还与春天约什么会

2015，柳叶湖的芦苇

这些从不像柳枝那样天天梳妆打扮的芦苇
是我最好的芦苇
年复一年，将各种颜色的风
爱抚得
百依百顺

这么多透明的水
常常冲着小鱼而来
夕阳西下，我快乐的芦苇
一片一片，追赶着野鸭
追得小鸟，群起而飞

这些没有是非的芦苇是多好的芦苇呀
比所有珍稀的花木
都要高贵

此刻，如果桃花盛开
那一定是她
对我亲爱的芦苇
献媚

2016，桃花源

这也是一片热闹的桃树
那也是一片热闹的桃树

其实，我不想看芳草鲜美
只想听小鸟在一棵杂树上
轻轻教导

其实，我不想看落英缤纷
只想看稻穗低头守护着良田美池
默写油菜花开
金黄的声音

其实，我不想他们
设酒杀鸡，热情接待
只想安静地躺在草地
让水牛
用鼻孔的粗气
将我唤醒

梦见刘禹锡

又不是桃花，弄伤了
巴山楚水
梦得兄，你为什么耿耿于怀
长安的桃花
诗歌，一次又一次
在玄都观的桃树上
结满伤疤

其实，陶渊明的桃花源
就在朗州。与你
只有一根扁担的距离
良田稻谷金黄
南山菊花金黄
都二十三年了
可你老兄就是放不下
玄都观里，粉红的桃花

我在朗州，四年

也没想明白
于今高速公路侧翻的车旁
上万个车轮奔驰
就是没有你
沉舟侧畔的诗意
柳叶湖，竹枝青青
可我怎么写，都没你老兄
时雨时晴

梦得兄，难道我和你一样
总是惦记
某个园子的桃花
或许，哥儿俩再喝几杯
你才会，呕吐出
桃花的秘密

或许，桃花谢了
我们才会明白
玄都观的桃花
与桃花源的桃花
其实，是一样的桃花

螺湾观鸟

水草丰茂，水鸟纷飞
我总期待，有一只小鸟
在我期待的时候，匆匆而来
并以田螺的速度
缓缓而去

钻天湖的水，钻进柳叶湖里
也就只有柳叶湖
没有钻天湖了
对于鸟，有水就是湖泊

鸟爬得田螺一样慢
田螺飞得鸟一样快

我发现，小鸟寻找一辈子
就是田螺天天驮着的东西
美丽的翅膀，常常被春天的雨水
烫得遍体鳞伤

螺湾观鸟，我越来越发现
今年，我与水中的我
素不相识

（注：螺湾观鸟系柳叶湖一景点）

常宁之作

就是这条世界上最清的小河
十二年就把我的头发开始漂白
把他乡漂成了故乡
把故乡漂成了他乡
——《2012，告别西江》

2000，去春天报到

水泥地板种不好庄稼
我沿着树根指引的方向
深入最贫瘠，也最为广阔的泥层

犁铧的声音，随风而来
飘落的往事，被刮得乱七八糟
只幸存枝头的果实
装点苍茫风景

我最后一次，其实才是第一次
真正阅读搁置在枕边十多年的城市
开始清理远出的行囊
许多遗憾
等你收拾

在这个干干净净的早晨
头抬起的天空上
棉花弹奏着温暖

只是雨水涟涟

雨中才读懂雨的过程
所有思想都是湿的
喝了十多年的自来水和纯净水
总感到有些缺钙
血液，开始褪色
洒水车的声音
就是采血车里，血的回声

是谁教你加入大雁的行列
年复一年，唳声依旧
市委大院的铁树年年花朵
只是不知道，为谁而开

其实，回雁峰就是翅膀
把家固定下来
回雁峰其实就是一块石头
石头般记着
雁要回来

低头看栽种的青草
不被践踏时才叫青草
何日才能来这里
在歌声中，放牧牛羊

告别一个城市
远比告别一个世纪艰难
十年前出门时的那袋种子
还是种子

在那盛开菊花和骄傲的山村
孤老的苦楝树守着窗口
谁愿听这雁的叫声
谁为我打扫园子的灰尘
原来，母亲手里的细线
都是少女机器的产物

往后的日子里
白天，面对伤口微笑
夜晚，躲在自己的诗集里哭泣
所有的红豆牌产品
都不需要广告

马蹄声碎，汽笛声咽
在民谣铺设的道路上
两个小时
便走完了杜甫
从京都赴奉先的路程

郑板桥的竹子
让人砍得差不多了
我还是隐隐听得到萧萧的回声

在这个并不漫长
也不短暂的冬天
所有的通行证都撕碎了
我只能，揣着一片树叶
去春天报到

2002，常宁大洪水

宜水宜水是什么样的水
为什么要稀释乡亲碗中的米饭
潭水潭水你如此的浑浊
还是汪伦那一往情深的水么

是什么样的力量将零散的雨
整理成一条河流
这些平常温柔的小不点
为什么凑到一起就势不可挡

我第一次驾着
大家认为还不属于我的小船
颠簸在鱼虾胡闹的浪尖
第一次感到自己喜欢游泳的水
深不可测

其实我是一棵刚刚栽下的水草
来不及长出根来就遇上洪水

我无法和水比力量
掉了一副眼镜又配一副眼镜
不想在洪水中低头
却又不得不低头

筋疲力尽的时候
月亮看见我躺在失收的稻田
每天醒来
眼里都挂着露珠

我不怕小鱼咬着我的脚趾
风再静，也被急流冲破
我用母亲的叮咛和吃奶的力气
小心翼翼地上岸
太阳越热
我越是寒冷

风浪再大还是风浪
我怎么样也要守着我的竹子
将所有补丁，打在我的皮肤上
也打在沿途的村庄

心平静，水才平静
梳理着水的来源
在涛声中听到蝉声和钟声

宜水宜水我一定要让你
按照我的方向浇灌庄稼
潭水潭水我一定要让你
清澈地照一照我善良的面容

哪怕你再来一次更加猛烈
我也同样站立涛头吻你
即便是划破我衣服的荆棘
也是这片土地
对我的牵挂和友谊

2006，呼吸春天的美丽

河水，从破土的嫩芽上开始泛滥
擦一擦等待了一个冬天的眼眶
我的左手，感到了右手的温暖

呼吸春天的美丽，其实
是在整理和挑选一年来的阳光和雨水
千万次的低头比千万次的仰望还要期待
只有冬天里开的那朵花
才是自己春天的第一朵呀

纵使所有的道路，五彩缤纷
脚步也不能在鞋底
发芽，或者生根

2008，我的油茶树

印花被盖满了一个又一个
枯瘦的山头
盖着地图上我怎么找也找不到的村庄
找到油茶树
才找到了我久违的亲人

这里有我油茶花一般的童年
那时的茶花蜜比蜜还甜
只是香喷喷的茶油
作为礼品送来送去
究竟不知道最后是谁吃了

油茶树削出的陀螺
被我抽打了一个童年
我却被这种南方才有收获的植物
抽打了整整一生
抽得我每天都围着枝头上的那个梦
不停地旋转

那年的山洪扯断了爷爷的根须
爷爷用尽了他毕生的力气
抖落自己所有枯叶养肥新苗

每个山头的冬天都很漫长
只有采摘的时间短暂
因为，母亲怕果实驮弯了油茶树的腰
也就驮弯了她自己的腰

我每天看太阳在树枝上歇息
学着油茶树的样子
站在黄昏里一动不动地看书写字
总想读书读掉父母和油茶树的卑微

后来我被栽种到一个又一个单位
油茶树成了我永远挪不动的行李
树干和我的诗歌一起
抵抗着生活的压力

常常坐在树荫下
觉得屁股和脸都很真实
总以为在干一些毫不相干的事情
其实我天天都在施肥浇水
看到那些塑料橄榄枝就生气

总是有开裂的果实睁开眼睛
天天看着我，生怕我变得不是油茶树
其实油茶树一直是我扁担上的钩子
我能够承担多少重量
油茶树也就有多少重量

有一天油茶树成为我土灶里的火焰
烧得我的骨头
浑身疼痛
从此，我讨厌用华丽的形容词
来包装我朴实的油茶
再不喜欢所谓的鸟语花香
特别是与高贵的橄榄油摆在一起的时候
多少年我都不敢写这三个字

我年久失修的头脑
已经指挥不了故乡美丽的山水
只得胡乱抓住一个季节
走进油茶林一天
就呼吸了我一年的空气

过去钻进这印花被就觉得温暖
现在却寒冷无比
人人都看得清清楚楚

对于我，满山都是秘密

每一年的春天
我都要在我的山坡上
埋下几颗油茶树的种子
即便是不发芽，千年万年后
也要让那些考古学家惊喜

只是再着急的工业
也不能啃掉我的油茶树和我的骨头

纵然是多情的泪水
也不能把我的茶油稀释

2010，登黄鹤楼

不知崔颢知不知道
我也站在黄鹤楼上
同样是个只会登楼不会修楼的诗人
不像李白那个喝了几杯就敢在皇帝面前放肆的家伙
或许是满江的墨水冲淡了酒兴
一见到崔颢的诗，他就不敢写了

从我的脚认识台阶开始
一直怕伤着草根，更怕诗歌
在电梯的升降中失去重量
许多人踩着键盘上来 N 次
看那些鹤是为了梦想还是为了生存飞翔
飞出森林的鹤就是孤儿
一飞进广告里就死了
哪怕是只剩下一根骨头
也想有比翅膀还要大的翅膀

眺望芳草萋萋的地方

长出了一幢幢怎么浇灌诗句都不长叶子的高楼
只是不知道，谁把那个窗户点亮
那个属于自己的小小方格
是不是自己的家乡

黄昏中，我自己打捞自己的头颅
为了不让武昌鱼
咬乱我的思想

2012，告别西江

到了该回家割稻子的时节
我还漂流在这条西江
我知道很多人都渴望这种刺激
很多人都认为自己
更能够，漂向远方

其实，漂流的时候
只能低着头颅
集中所有的骨头和血液
死死勒住自己
稍一松手，便结冰成霜

上船前的憧憬冲得七零八落
为了不让最风光的瞬间消失
我不能看两岸的风景
许多鸟儿和鲜花，背道而驰
呼啸而过的时候
只能听自己的眼睛歌唱

人人都以为这是新奇的颠簸
其实，大家都在重复别人的脚印
只是上了船就不能回避暗礁与急流
往前走，才是回家的路

就在我漂得最兴奋的时候
开始变老的母亲
突然不再老下去了
永远成了黑色照片里的那个样子
真后悔太听她老人家的话了
只为了所有的竹子向我致敬
却没能采摘沿途唾手可得的果子
让她尝尝

好想上岸歇息又不能歇息
好想停下来牵一根藤
好想拥抱满山的森林
好想停下来，欣赏月光
或者拾几颗河床的卵石
增加行囊的重量

就是这条世界上最清的小河
十二年就把我的头发开始漂白
把他乡漂成了故乡

把故乡漂成了他乡

今天终于上岸了
用太阳洗干净我身上的泥沙
我悄悄地离开这条小河
不让那些小鱼知道
不让那些风知道
不让那些树和竹子知道
不让那些石头知道

告别西江，也就告别了风景
也就告别了真的和假的喝彩
也就告别了呼声和掌声
只是告别不了天堂山上的杜鹃
告别不了印山的印象
告别不了 2000 多平方公里的土地
告别不了 100 万双熟悉的眼睛

告别了西江告别不了自己
告别了西江
不一定告别漂流

即兴之作

我不是嗜酒如命的汉子
我只是嗜命如酒的诗人
原来酒瓶里也有思想
醉得我明白了许多清醒时的事情
——《茅台》

胖子

胖子其实一点也不胖
可读小学的时候我们都叫他胖子
一次考试，我有个题目怎么也做不出来
就斜眼看了胖子的卷子

做完，我也有意将卷子摊开让他看
胖子就是不看，还提前交了卷
从此我再没跟胖子讲过一句话
直到参加工作

后来同学偶尔聚会
我俩都回忆这件事
他总是露出白牙朝我笑

有天晚上，胖子突然来到我家
提了一大堆礼品
要我办一件事情
我也想办了这件事

然后再拒绝他的礼品

最终，事情我没帮他办
更没收他的礼品
而是说了一大堆道歉的话

从此以后，胖子就再没和我说过话了
更没看到他露出白牙的笑容

紧张

清晨，崭新的高楼边
升起一股浓烟
我急忙跑过去，冷风
要从我脸上刮出血来

几个哆嗦的农民工
围一圈烧着废弃的竹夹板

这些竹夹板
来自和他们同样的山沟
曾经帮助他们挣取大米烧酒
娶亲的新房，接人的摩托
交孩子寄读的学费
还清欠下的医疗钱

现在，这个空气都有人购买的城市
不能容留这些乡村的竹夹板
只能给这一圈

腰板和竹夹板一样的农民工
最后一次温暖

我紧攥着准备拨打 119 的手机
似乎比跑来时更加紧张
好想拨打一个电话
却不知道打哪个号码

茅台

忘记了跟着自己一夜的
是自己的影子
只记得喝的是茅台

毕竟是五千年文化发酵的酒呀
毕竟是两千年的故事勾兑的酒
毕竟被喝过伏尔加的中国人
和喝过湘江水的中国人糅合的酒

李白轻狂地喝过
王勃牢骚满腹地喝过
苏轼高兴也喝悲痛也喝
只是那时，他们都还不知道茅台
窖藏了多少年的秘密

那年，毛泽东喝着茅台
喝得在赤水河渡来渡去

端起初胜的喜悦
一杯，就喝到了公元 135 年
喝得更加敢在 100% 的布尔什维克面前
掷那只在巴拿马掷过的酒瓶

所有的红军都喝着茅台
贫穷的汉子
分享着国酒的高贵
痛苦的道路，走得不再痛苦
再涂一点到伤口
中国革命就这样兴奋起来

然而毛泽东毕竟不胜酒力
几杯喝下去
就醉了整个中国

周恩来喝着茅台酒
喝得满脸霞光
喝得尼克松，也隔着太平洋
伸过手来
接他的酒杯

邓小平的酒杯更加厉害
醉得英国的铁娘子

跌倒在人民大会堂的台阶

我不是嗜酒如命的汉子
我只是嗜命如酒的诗人
原来酒瓶里也有思想
醉得我明白了许多清醒时的事情

同样都是生命中不可或缺的粮食
一个天天咀嚼饥饿
一个偶尔啜饮快乐

常常把眼泪与笑脸勾对在一起
把阳光与黑暗勾对在一起
把骨头与石头勾对在一起
一喝，就喝得地球转快了两个时辰
喝得所有的高楼都精神起来

将秋天喝成了春天
将笛子喝成竹子
将灯光喝成太阳
将明天喝成今天

喝得全身都是火焰
我不想再用蓝色的火苗

烧得白宫感到东方的热度
其实那不是燃烧我的品质和快乐
那是燃烧我的悲哀和寂寞

不事张扬的我
不知道是沉睡的狮子
还是窖藏的茅台
把所有的才华和思想都窖藏在一起
我也恨不能粉身碎骨地摔在某个显眼的地方
让大家看看我茅台一样的人品
只是茅台摔一瓶可以继续酿造
我的生命摔一次，再也不能克隆

有时也回到整个村庄都长满天线的故乡
思念初恋少女的酒窝酿出的茅台
几十年不见的液体还是那么醇和
我用青春的血液把梦滋养
空杯的时候就想想窖中的茅台

偶尔也把月光捡回书柜
扶着栽给儿子的油茶树散着醉步
然后与村前的小溪一起，打起鼾来

我的诗不能茅台一般燃烧

只能慢慢品尝
即便是一败涂地
也不呕吐出自己的追求
纵然六十年空瓶的等待
也把淡淡余香留住

瞬间

我累了
所有的风
都坐了下来

我一牛气
前年剩下的那些阴雨
纷纷落到跟前

养猪的人

养猪的人
养了一年
卖了一千四百元
像送别自己亲人一样
依依不舍

杀猪的人
杀了一刀
收了一百四十元
嫌血弄脏了他的衣服

卖肉的人
卖了一天
像剁木头一样剁着
除去本钱
纯挣了一千四百元
还骂了一声
该死的，比昨天还少挣了九元

致洛夫

这些天，我把自己埋在落叶里
总想从中找一些庸俗的事情，抵抗诗歌
我怕自己，被你的风吹成稻穗
整个秋天都低头默记着你
那些总不脱粒的句子

每天都用虫子的距离
鸣叫你脚上的那双鞋
看是不是鞋底缝了许多诗句的那双
看你自己能否走出自己的鞋子
看你如何在六天的时间走过六十年的路程

二十五年前的那个望远镜
早已被飞机的翅膀锈蚀
二十五年后，请你也千万别用显微镜
看那个刚刚拆去补丁的村庄

我不知道我脉管里用水车车上来的血液

是否曾经与你红色于同一条河流
我也不知道，我的黑发与你的白发
是否能在同一个冬天的山头
脱落或者生长

宾馆，还是那个
前半生是故土后半生是异乡的宾馆
只是所有的花草，都赶早两个季节
为你歌唱

其实，睡在哪里并不重要了
重要的是，在你睡熟的时候
必须有人
为你盖住露在温暖之外的脚趾头
但又不能盖住
你那谁也盖不住的诗歌

送王勇平去波兰

面前摆着几个普通的
可以不停碰撞的酒杯
而不是那一堆
许多人想碰又不敢随便碰的麦克风

坐着的不是那些你每次都称作记者朋友的记者
而是几个你平常几乎不称朋友的朋友

家乡的太阳近期非常炎热
但还是比那些镁光灯温柔
说了八年发言人的话
是该说说家乡话
说说个人的话了
高速运行的列车终究还要加速
而你高速运行了几十年的身体终究会要减速

其实，你也该问问村口那株老樟树是否茂盛
田里的杂交水稻干旱得是否还有收成

其实，那条2010年12月26日开通的铁路
从你家门口高速经过
父老乡亲两行铁的目光
至今没眨一下眼睛

吃了几十年的铁路饭
应该是一张铁嘴了
可是家乡的辣椒还是把你辣成了一张人嘴

在那个不用汉字的国度
一定在自己的房间练练书法
因为，集体的话不能想怎么说就怎么说
个人的字想怎么写就怎么写

如果没有墨汁
家乡的大雁带给你
即使是蘸着自己的血液
也不要让那支毛笔干涸

飞机前后舱的隔帘

我坐飞机常常关注蓝天
儿子一系好安全带就发现了
爸爸，前面怎么隔个帘子

这时我注意空姐一点也不空姐
不断地将隔帘，扣得严严实实
我不想让儿子从小就知道这些
总希望他将来比我飞得更远
随便答了一句
前面有不让人看的东西

点心时，儿子惊喜地从前面跑来
爸爸，前面坐的也是人
没有不让人看的东西
嗯，是人，快喝水

爸爸，那为什么要隔开
他们怕丑吗

你好好读书
将来也可以坐到前面

爸爸，你读了博士还没读好书吗
我匆匆将面包塞到儿子的嘴里

梦

昨夜，我跟着狗尾巴草
回到那个，石头都认得它
叫作龙皮桥的村子
走近一里，我就年轻一岁
回到那几间我眼眶一样漏雨的瓦房
也就回到了母亲的怀里

现在，我除了吮吸乳汁
只会幸福地啼哭
就是门口刚刚栽下的一株苦楝
以为火焰，会和阳光一样
温暖自己

记得那场电影

还没到江郎才尽的时候
就写不出一个夜晚了
只记得那场电影

记得长发上落满我一个又一个电话
动一动嘴唇，就蹦出满地
你用声音喂养的蝴蝶
我的眼睛和耳朵
密封在你单薄的衬衣里
只看见重金属一样的呼吸
听见黄昏躲在你的眼角里

我所有的思想都死亡了
只剩下一个肩膀
等待那弯窄窄的空气

记得那天我双腿都长出根须
被你连泥带土拔出月光

你的手一推
将我从夏天推到了冬天

我始终都没看电影演的什么
只记得，那是世界上
最好看的一场电影

诗人萧三

因为你与那位叫作润之的同学太近
大家都去注意他下巴上的那颗痣了
其实，你很早就用那双鞋认识了里昂的街道
第一个，把湖南的花鼓调
唱成了国际歌

你和你带着的那本唐诗留洋回来
不但没有沾着洋气
反倒把平平仄仄冻在了莫斯科的雪地里
将守护列宁灵的疼痛装订成册
待到诗句一公里一公里醒来
让所有的灵感，抽穗扬花

你的意象使满山的小树长成刀枪
射出一粒粒曹植的豆来
什么大奖什么评委都一边去
只要乡亲能将自己的诗句一筐一筐地收藏

桃坞塘的桃花开得比桃花还要鲜艳
只知道梅桥镇上雨水涟涟
原来是你的湘乡话
被几个国家的姑娘都听懂了
还有那群吆喝一声就上战场的牛羊

沈园

在我的印象中，沈园
是个只能恋爱不能结婚的园子
走进沈园，我和所有进来的人一样
都跟着诗歌走错了
茫然四顾，每一块石板都是错的
错了一千年，也不知道
走哪一条小径才对

放翁放翁，你为什么在弥留之际
对儿子只提收拾河山，也不挂念
沈园的满地落花，谁人收拾
就算晚辈面前难以开口
也应该问儿子一句
你唐琬阿姨来园子了没有

唐琬，一个走到哪里
哪里就是春天的女人
你站在什么地方，什么地方就桃花盛开

因为不能孕育心爱的孩子
便孕育了满腹的诗句
有哪一位诗人，不想搂着你
进入自己的诗中

那年的时间，在沈园打了个死结
池中的水安静如寂寞的夜
两个梦，被两个瘦得水一样瘦的影子
搅得涟漪圈圈

原来十年的距离就是一块窄窄的石板
一边是一棵柳树，苍老地
垂在往事里
一边是一树空枝，落尽了
花蕾初醒的妩媚

一滴挂了十年的泪珠
落在诗里就结成厚厚的冰了
伤口没有擦净的那滴血
把梦想喂养了十年
瞒来瞒去
也没瞒住自己

那个荡来荡去的秋千
荡了一千年

也不知道应该停在爱情这边
还是停在婚姻那边

黄藤酒是什么样的酒呵
也只不过封存了十年
闻一闻酒气，就醉得满园子的春天
找不到秋天的方向

红酥手也不知道是什么样的佳肴
十年前天天吃她那纤手弄的，也没什么
特别的味道
现在一尝，酸甜苦辣
都无法修改孤寂的滋味

重金属一般的几个名词
被强忍的泪水一泡就消融成酸酸的液体
窒息了满园的青草

相视无语，所有的痛
都指向一树不结果的桃花
和那几片比落叶稍微年轻的叶子
只有诗歌，在根部偷偷生长

哪有这么多的名词动词供你俩挥霍
要是有一场雨，倾盆而下

也不会将一纸休书，感动成
千古绝唱

我走出沈园，向爱情挥了挥手
便同爱情诗握手
就这么一次彗星撞击出来的几首小诗
已经被人读烂了
那个乌篷船上烟抽得厉害的瘦作家
又多写的是小说和杂文

一位比桃花还鲜艳的姑娘
不断发短信给她远方的恋人
问什么是锦书难托
同时约定，晚上视频里
两人再讨论，为什么会惊鸿照影

我回头再看看沈园
园内，泪痕红浥，招蜂引蝶
园外，满城春色，招商引资

喊我回来

我的童年痛得厉害
母亲说我的魂在放牛坪丢了
夜里，母亲和萤火虫一起
喊我回来

喊了三十多年，我却越走越远
城里的水泥电杆
怎么施肥浇水，都不长叶子
于是，我一看到高楼就生病

高烧不退的时候
手术刀和玻璃幕墙一样，寒光闪闪
我的血，已经让自来水冲淡得差不多了
再不需要那一瓶一瓶吊着的
不知是盐水还是泪水的东西
只想母亲
扶着我儿时栽下的苦楝树
一株，一株
喊我回来

T台上的姑娘

高跟鞋扎进泥土
不长出玫瑰，也会长出高粱
姑娘，你追着大海的笑声而来
为什么在丝绸铺红的三岔路口
迷失了长发甩出的方向

慢慢脱下妈妈叮咛在身上的衣服
阳光只剩下三点隐私
温暖着正直悲悯与善良

如同空姐撩开后窗的遮帘进入前窗
所有的目光都在搜寻你的目光
姑娘，其实是你在人群中寻找自己
用青春把身高丈量

每迈出一步就是一年的时间啊
从招蜂引蝶走到招商引资
别人以为你在大街上自由地徜徉

其实，你多走一步
就是违章

冬天的嘴唇结满了樱桃
你樱桃一样沉默的时候
不一定就没有噪音
常常是晚上的眼泪冻成了早晨的冰霜

十几岁要回答几十岁的问题
姑娘，掌握不时尚的东西越多
越是时尚
想想那些提前退台的姐妹
灯光哭得比音乐还要忧伤

姑娘，跟着我的诗歌回家吧
最美的体形就是童年的模样
最好的品牌就是故乡

咸宁

进入这个城市
其实我就是为了寻找安宁
寻找积雪封冻的汀泗桥灵官桥的安宁
寻找九宫山上坟墓的安宁
寻找世界上最大最早的铜鼓
埋在泥土里的安宁

不知是中原还是江汉平原不守本分
铜鼎铜戈铜剑铜矛
和这香城的温泉一起从地里不断冒出来
诸葛孔明的东风，被公瑾的羽扇一煽
烧得曹孟德扔下槊和他心爱的诗句
烧得我现在还想去赤壁的现场看看
那场大火灭了没有

年复一年，亲人们天南海北
贩卖着自己的血和汗水
用骨头建筑的家

是姑娘统一更换的新衣
望穿洞庭湖与鄱阳湖
两汪秋水

李邕的毛笔从盛唐拖来
到今天的高楼里都还没歇息

只是那些电声，与五千年前的编钟
没什么两样
微信天天缠着我们勾肩搭背
拉着我们进入热热闹闹的群里
硬将我的思想关在门外
其实是在欢迎访问我们早点进入泥土
去欣赏那些还没发掘出来的铜甬钟的声音

咸宁告诉我，心咸宁人就咸宁了
人人咸宁方万国咸宁
请将这些骄傲的时间
安宁地摆在安宁的地方
宁可与我高贵的诗句一起
埋在地下，永远沉默
也不要让那越喊声音越高的锤子
拍得遍体鳞伤

立夏以后是小满

小满要满，是指老家
那口年年熬满稀饭的池塘

对于我
能长到 170
找棵高 160 的树栽到一起就好

稻米，稻谷一点
也就稻谷一点
酒杯，喝到脖子就好

小草的头发是直的
就不烫成卷发
房子瘦一点就瘦一点

棉花，不管他叫什么名字
不离开我的身子
就是亲爱的棉花

汽车走60迈腿还不酸
就不想奔驰

与亲人视频
看不清脸上的向日葵就不看
听一听没有生锈的声音
便钵满罐满

我的马丢了

我的马在梦中丢了
整整一夜都在找

这匹马，只能跑十里
也许马的腿已经瘸了
也许马的鬃毛已经脱了
也许马的眼睛已经瞎了

也许，马
被鲜嫩的草
牵到其他马群

我怎么也要找到我的马
即便找到马的尸体
我也是伯乐

想起一棵柏树

村里，一棵又大又高又直的柏树
一个晚上就没了
只留下一些零乱枝条
刺痛我的眼睛

尽管这棵树不属于我个人
还是跟着大人诅咒
偷树的人，盖了房子没人住

好长时间都空荡荡的
就像比我大好几岁的建国
虽然不是我亲兄弟
早上还在放牛，下午
就吃黄藤根走了

现在，我一回家
就想到那棵柏树
只是我不再恨那个偷树的人

我甚至无法想象
在那没有吊车也没有汽车的年代
弄走如此大的树
是一种什么样的力量

发现一些常识很难

诞生在云朵中的水
总往低处流
长着翅膀的树根
要往低处扎

干净的莲花
也总在低处妩媚
落叶落花的梦
都在低处欢度童年

容纳垃圾的填埋场
堆着我们所有人
不经意丢失的崇高

凝固的友谊和感情
也总是与矿石
一起沉默在底层
在看不见的地方

埋着最深的焦灼与疼痛

人工搭建的台子
越高，越不是
栖息之所

重阳，我生日

每年的这一天
山坡，都在寻找那个登临的人
枯树下的菊花，开满春光

寒气中，我知道
总会有一朵
是我带给镜框里的母亲的
见面礼物

南岳福严寺

每次到福严寺
就是一棵小银杏树
不时过来
看望一棵大银杏树

似乎有许多话要说
可两棵树在一起
尽说些不紧要的话
或者，说几句
只有风才能听懂的话

小银杏树，有苦不说
大银杏树，有苦
更不说

最后，也是
春天的银杏叶子
摸一摸，秋天的
银杏叶子

南岳祝融峰

来了
来的愿望
就已经实现了

南岳磨镜台

面对一块石头
大家都知道
此处，没能磨出镜子
只是将堵在心中的石头
晒在山中的石头上

原来，磨镜台
才是一块镜子
磨来磨去
都是等待镜子走来的人
自己
在磨自己

应景之作

周敦颐的莲花在潇湘轻轻摇动
便掀起了长江的滚滚巨浪
曾国藩的书信在家人中悄悄传递
却比水师的力量还要势不可挡
——《湖南名片》

衡阳名片（朗诵诗）

——应国庆60周年文艺晚会而作

这是一张古老的名片
古老得被大雁传递了一千四百多年
这是一张年轻的名片
年轻得许多离开一年的衡阳人
如果按照过去的路
可能找不到自己的家园

这是中国历史文化名城
蔡伦在这里造出的纸张
载尽天下文章
船山在这里孕育的哲理
使回雁峰的每一块石头
都产生了激情与思想

湘水和蒸水在石鼓书院进行道器之辩
佛教与道教在衡山的寺观里和谐相处
吴三桂在这里做过他梦想的帝王

罗荣桓，沿着一条小路
从这里走向巍峨的井冈

船山墓、蔡侯墓、杜甫墓
掩埋着永垂不朽的智慧
来雁塔、珠晖塔、培元塔
放射着亘古不变的光辉

毛泽东播种的思想
与周敦颐的莲花同时在西湖绽放
夏明翰的真理，与曾国藩训练的水师
在同一个江岸把号角吹响
谭千秋老师，张开了母鸡的翅膀
把 4 个人的疼痛
集合在他一个人的身上

这是湖南制造业基地
衡阳手表，记录着 60 年的分分秒秒
喜鹊自行车，走过神州 60 年的风风雨雨
铝锅里，烹饪着三湘四水的鱼米
弹子锁，锁住中华千家万户的秘密

水口山地层深处的矿藏
光彩熠熠在粗糙的手掌
衡阳钢管，由于湖湘文化的淬火

便有了罕见的硬度与力量
特变电工，让整个世界
感受到了来自衡阳的能量与光芒

一化三基的战略，制造出了
优势的产业与密集的交通体系
富民强市的目标
制造出了4个一千亿的现实
超前的谋划与不懈的努力
使机场与核电的脚步声越来越清晰

这是湘南的重镇
每一条铁路和公路的神经
都跟着国家强大的心脏律动

伸出京珠的手
牵一牵南风拂面的苏仙弟弟
舞动衡昆的长袖
揩一揩九嶷山上湘妃的眼泪

清晨的衡阳，换上上海的新衣
夜晚的邵阳，开口笑饮衡阳的鲜啤
中午，我们去桂林
欣赏刘三姐甜美的山歌
下午，我们又到吉安

听江西老表谈论滕王阁上
那位少年才子的叹息

这是衡阳人引以为自豪的现代宜居城市
湘蒸耒流淌着母亲的乳汁
城市的灵感拨动琴弦
市民的热情点亮夜晚的光辉
宽阔敞亮的街道
展示城市骨骼的张力

春天，我们的心情掀起东洲桃浪
夏夜，我们在古樟树下静静遐想
深秋，我们仰望蓝天依依不舍的大雁
严冬，我们把温暖的渴望覆盖在岳屏山上

歌声与欢笑在假日的广场约会
少年与老人在和谐的车上相让
小鸟与秋蝉，在温柔的树枝上浅唱
我们还可以
去江口鸟洲，会一会人类的朋友
去耒阳竹海，开一开宽阔的胸襟
去常宁印山，读一读古老的文字

有时，也去陆家新屋
看一看苦战48天的抗日将士

有时，也到退省庵
想一想一座城市的遗憾与缺失

大雁啊，请把衡阳这张神奇的名片
带给全中国全世界的朋友吧
这名片不能只是收藏在美好的记忆里
更要写在700多万市民灿烂的笑脸上

智慧的光芒（朗诵诗）

——应中国船山文化节大型文艺晚会而作

沿着蒸水牵挂的方向
我们寻找智慧的水源
因为你手中的纸伞撑起了蓝天
大雁便不再迷茫地飞翔
因为你木屐的践行
这里满山的石头都产生了思想

并非故乡芬芳的勾引
尽管兰草在这个叫作曲兰的村庄
开满小花
并非不能归根的叶片
在果实里守望着整个秋天
一只受伤的孤雁
丢下了一路羽毛
让故乡的风，梳理你
残缺的翅膀

草堂就是你的家
一个比国家还大的家啊
风风雨雨，是你的前半生
冷冷清清，是你的后半生
悲愤，是你的上联
宁静，是你的下联

遗憾的是南岳的雷声
没能打出江山
只打出了你自己题写的一块石碑

京城的风很大，京城太冷
其实你不是要官位不是要俸禄
而是要一种机会
一种忧国忧民的东西
一种西方人叫作撬动地球的机会
家乡的柴火虽有烟雾
总比京城的烟花温暖

四十年在同一条小道上散步
从夏朝散步到明朝
没有跨进清朝半步
又回到了明朝
沿着祖先的血液，你也曾寻找渡口
无人自横的船上

只有一张发黄的船票
你自己就是那唯一的船夫啊
经书就是你唯一的桨

天天在文章中呼风唤雨
这是任何拥有香车宝马的达官贵人
都不曾拥有的权力
也天天从苦里找出甜的东西
把自己采来枯寂的菊花扔到南山
做出悠然的样子

依着枫树，依着一匹困着的马
一个孤独加上另一个孤独
不想孤独便备感孤独

年复一年，你的身子随着大中华的版图
渐渐消瘦
瘦得只剩下坚硬的灵魂和骨头
每一个冬天的黄昏
你都攀着自己的肋骨
一步一步，登上人类的峰顶
与大洋彼岸的黑格尔交谈
遥望着千年的冻土
等待着，春暖花开

此刻，草堂离太阳最近
屋顶不断地漏下些阳光来
漏下些清风和明月来
满是尘灰的地上
撒落的全是警句和哲理

你与汨罗的三闾大夫交谈
与年逾九旬的冯唐交谈
与终生未得封侯的李广交谈
与长沙的贾谊交谈
与并州的刘琨交谈
与滕王阁上那个满腹牢骚的少年才子交谈
谈来谈去还是兰亭变成废墟

还是与张载谈一谈道与器的问题
还是与王阳明争一争心和意的问题
释迦牟尼的菩提树上
五个果子全是苦的
穆罕默德的彼岸是如此遥远
不如你园子里的姜和蒜现实

漆黑的夜里，你的七弦琴弹着蒸水、湘江
弹着黄河、长江
弹得太平洋波涛汹涌
弹得窗前的紫藤也产生了缠绵的爱情

你孤愤的泪水
从鲁共工的夹壁上滴下
从你千万言巨著的角落滴下
不让人看见，只让人读
谭嗣同读你，曾国藩读你
孙逸仙将你的“公天下”挂在民国的胸前
毛润之在船山学社读你在菊香书屋读你
将你的动静之理读成辩证之法
将你的思问录读成实事求是
三百年后也读你
将你的《读通鉴记》读成以德治国
将你的“道随器变”读成与时俱进

于今，窄窄的小路已被后人走成蒸阳大道
故乡的小树都在你的浇灌下
长成了高楼的模样
朋友，请将石船山收进你的行囊
在所有东西都带电的时候
固然需要时尚的快餐
但更需要，来这里吸取终生供给的营养
不管是萧瑟的深秋还是寒冷的冬天
只要亲近这片土地
就会感到头顶
光芒万丈

生命的约请（朗诵诗）

——应2001南岳寿文化节大型文艺晚会而作

因为一个永恒的期待
因为千百年来人类共同的梦想
我们揣着枫叶的请柬
高举幡旗，踏着香雾
顶着压倒一切的光明
相聚这寿岳衡山

古老的木鱼，敲打着千年不变的梵语
人间仙境中的麻姑
至今还在沉默
谁最先悟出禅意
谁就最先得到她手中的寿桃
——哦，圣帝告诉我
没有长寿的仙丹
只有长寿的自然

古往今来，山下的岩浆

在地球最高温的羊水里涌动
那些胚胎的思想
每一次喷发
都是我耿耿难眠的伤痛
我轻轻张开手指
便感到了万寿大鼎的重量，雷霆万钧
——哦，祝融峰告诉我
没有长寿的享乐
只有长寿的攀登
忠烈祠告诉我
没有长寿的躯体
只有长寿的灵魂

多少年了，庄周的蝴蝶
至今还在不少的梦中，翩翩飞舞
曹操的寿龟
至今还在线装的古书里，缓缓爬行
王安石的菊花
至今还在长安城里，斗霜怒放
毛泽东的秋风
一年一度，胜似春光
——哦，藏经殿告诉我
没有长寿的财富
只有长寿的思想
云雾茶告诉我

没有长寿的功德和政绩
只有长寿的口碑
没有长寿的琼浆
只有长寿的心情和舒畅

寿岳衡山啊，你再告诉我
每一种宗教只有一条道路
而人生的道路，为什么却有千条万条
你告诉我，人攀登，是为了活着
而人活着，是否为了攀登

为什么无情的山石难以衰老
而有情的人类却艰苦凄怆
为什么，珠穆朗玛峰最高的风光
却只能让雪山上那些最低级的动物分享

还是剪掉心灵的杂草吧
让阳光照在该照的地方
让雨水下在该下的地方
让种子撒在该撒的地方
让仁慈的风吹抚你的烛光
我们只能朝着祝融峰攀登
每登一步，就接近春天和花朵
每登一步，就接近朱鸟的翅膀

九九归一
九九重阳
最高的山峰不是海拔的高度
而是境界的高度
最难超越的，是自己
而不是山峦

朋友，将愉快收进你的行囊
接受生命的约请吧
只有青山能染青你的白发
只有绿水能绿化你的心田
人类共同的热爱就是生命
人类不需翻译的语言
就是青山和笑脸

一个城市的日记（朗诵诗）

——应衡阳日报60周年文艺晚会而作

这是一部写了60年的日记
从共和国诞生后的15天写起
一张4开两版的小报
随着这个城市的版图扩大到对开4版
刊头，变换着街头的霓虹灯
不论是铅字木刻
还是电脑自动排印
都记录着这个城市走过的路程

这是一部贴近实际的日记
每天都张开报眼注视着这个时代
用社论举起自己的旗帜

在理论园地里
探讨衡阳这一中国历史文化名城的崛起
在经济版面上
关注衡阳这一湖南制造业基地的振兴

翻阅这60年的文字
就是阅读衡阳这一湘南重镇的沧桑
展览这60年的图片
就是展览衡阳人引以为自豪的现代宜居城市的痕迹

即便是在广告的缝隙中
也可以寻找到物资从匮乏到丰厚
也可以发现科技的进步与动力

为了这一切
多少记者用双腿丈量着农村的变化
为了这一切
多少通讯员用热情熔化着工厂的钢铁
为了这一切
多少编辑用汗水洗涤着城市

这是一部贴近群众的日记
每一天都有群众从这座桥梁通向党委和政府
每一天都有市民消费着这不可缺或的粮食

拿起一支笔就拿起了一份责任
揿开一次快门就揿开一次良知

从一棵白菜出发
从一根小草开始

有时，在一枚螺丝钉上坚持
有时，在一块玻璃上静静反思

用公平与正义处理群众来信
为找到群众最关心问题而开心
为找到群众的兴奋点而兴奋

尽管也用灵秀的元曲说话
尽管也用飘逸的宋词比拟
尽管也用隽永的唐诗标题

这是一部贴近生活的日记
让农民熟悉自己的庄稼
让工人抚摸自己的机器
让教师爱恋自己的粉笔

也可以去回雁峰副刊里雅聚
也可以去晚报的茶楼坐坐
也可以去星期天专刊里休闲

在每一个春天，都给读者东洲桃浪的心情
在每一个夏日，都给读者古樟树下的清凉
在每一个深秋，都给读者蓝天白云的情思
在每一个严冬，都给读者温暖的阳光
日复一日，报业随着农业的丰收而丰收

年复一年，稿件随着产品的获奖而获奖

这是衡阳报人自己的日记
写一篇通讯的时候
就是记录着自己的人生
安排版面的时候
就是安排着自己的日子
校对文字的时候
就是校对着自己的历史

常常为了追逐时代的大潮
而耽搁了个人的约会
常常为了亲近读者
而疏远了亲人
常常为了城市的茁壮
而消瘦了自己的身子

在田间地头
用汗水浇灌着乡村的希望
在工厂车间
用热情歌唱着机器的旋律
在街头巷尾
用真情体味着百姓的苦辣甜酸
在书桌案头
用青春在方格里栽下一棵棵秧苗

在灾难现场
用热血记忆不朽的感动
在深深的夜晚
等待情书一般等待着一封封电讯
守望婴儿一样守望着一个个黎明

这是一部没有终点的日记
悠悠岁月
青丝接着白发书写
越来越精彩，越来越优美

湖南名片（朗诵诗）

——应《人民日报》庆祝建国60周年湖南版而作

这是一片古老的土地
蔡伦在这片土地上造出的纸张
载尽了天下文章
王船山在这片土地上孕育的哲理
使武陵源的每一块石头
都产生了激情与思想

周敦颐的莲花在潇湘轻轻摇动
便掀起了长江的滚滚巨浪
曾国藩的书信在家人中悄悄传递
却比水师的力量还要势不可挡

炎帝陵、黄兴墓、蔡锷墓
掩埋着永垂不朽的人格
岳阳楼上的警句
放射着亘古不变的光芒

毛泽东咀嚼着红红的辣椒
用芙蓉国里的几行诗句
和他那拖着湘潭口音的普通话
喊得全国人民挺直了胸膛

这是一片绿色的土地
湘水，资水，沅水，澧水
流淌着母亲的乳汁
衡山，崀山，君山，韶山
耸立着父亲的脊梁

春天，我们的心情掀起常德的桃浪
夏夜，我们在凤凰古城里静静遐想
深秋，我们拾取岳麓山燃烧的枫叶
严冬，我们把温暖的渴望覆盖在苏仙岭上

去梅山龙宫，探一探人类的朋友
去桃花江畔，看一看江南的妩媚
去芷江机场，摸一摸受降的牌坊

这里，不再有冒着浓烟的工厂
这里，不再只追求机器和产品的数量
转变着方式，不是湖南人不够执着
省下点资源，并非湖南人不够大方

为的是，歌声与欢笑
在假日的广场约会
少年与老人在和谐的车上相让
小鸟与秋蝉，在温柔的树枝头
悠扬而长久地鸣唱

这是一片创新的土地
敢为人先的引擎
每一天都刷新城市与乡村的记忆
湖南制造，制造出
5 个一千亿的奇迹与梦想

从水口山地层深处的矿藏
光彩熠熠在粗糙的手上
到株洲的火车
奔驰出世界上最高速度的向往

华菱钢管，由于湖湘文化的淬火
便有了罕见的坚强
特变电工，让整个地球
感受到了来自湖南的能量

中联重科，推动着世界的工地
三一重工的臂架，伸到了
日本人神经最为敏感的地方

长沙株洲湘潭，结伴而行
共同拥有爱晚亭新的吟唱
衡阳永州郴州，相互牵手
共同承接长珠闽新的海浪
岳阳常德益阳，同舟共济
一起张开洞庭湖新的渔网

越来越清澈的江流
诠释着东方莱茵河的魅力与影响
越来越多的西方人
在橄榄枝中闻到了湖南油茶的芳香

这是一片数字的土地
九嶷山的白云，从长沙
飘落到全国人民的手掌

银河、天河计算机
以全球最快的速度
计算 21 万多平方公里的变化
计算 2 万亿的 GDP
是如何在十年里
实现前进 10 位的理想

计算八件实事不只是八件

计算 7 千多万人口的油盐柴米
家家户户多少存款，多少住房

不同的网络
有了同一个指令
每一条铁路公路和水路的神经
都律动着国家强大的心脏

于是，时间不再是时间
距离不再是距离
湖南，祖国的丹田
链接着全球广阔的眼光

清晨的湖南，换上上海的新衣
夜晚的香港，把湖南当天的鱼米品尝
上午，登上北京的长城
中午，去桂林
欣赏刘三姐甜美的歌唱
下午，又到南昌
与江西老表相聚滕王阁上

同样是衡阳富士康生产的平板电脑
大哥，与马英九、宋楚瑜聊聊家乡的变化
小妹，与伦敦的易思玲
谈谈获得奥运会第一枚金牌的感想

这是一片法治的土地
一草一木都记得苏格拉底的格言
毕竟是第一个拥护戊戌变法的省份
毕竟是砍头都要真理的地方

做正确的事
正确地做事
是官员也是百姓的愿望
决策者常常感到
与群众坐在板凳上拉家常
比主席台上的报告，更加温暖心房

袁隆平的水稻
规规矩矩地栽到方格里
稻穗老老实实低头沉思的时候
全国人民的心里就不慌张

一个脚步与另一个脚步
还是一个脚步
一个口令与另一个口令
还是一个口令
每一片零乱的叶子
都在重复着一个整齐秋天的模样

在坚守法律的尊严上霸蛮
在严格程序的细节上耐烦
这就是湖南
中华版图上
一片不需要任何仪器
都能检测出个性的土壤

跋

如果昨天是明天

如果昨天是明天
我就不会触碰刀子石块
只与春风中的小草
和弯曲的豆苗在一起

如果昨天是明天
我宁可饥饿
也不吃青蛙小鸟
像对待自己的眼睛一样
对待每一条细小的虫子

如果昨天是明天
我什么高山都不攀登
什么鲜花和果实都不采摘
只在柔软的水中

躺成一条小船

如果昨天是明天
我就不再要考什么高分
任窗外的蝴蝶
在我的书本上产卵
和嬉戏

如果昨天是明天
我就只活在自己的诗歌
和所喜欢的诗歌里